—魔犬傳說(上)—

SHERLOCK HOLMES

大偵探福爾摩斯

魔犬傳說(上)

魔犬突襲

夜空中掛着一輪皎潔的明月，照亮了**格林盆**那一大片佈滿了**奇岩怪石**的荒野。刮了幾天的冷風已停了下來，四周靜悄悄的，沒有一點聲音。**查爾斯·巴斯克維爾爵士**走過長滿紫杉的林蔭小徑，來到通往荒野的門前。滿頭白髮的老爵士掏出一根**雪茄**，擦了根火柴把它點着。他有點**心緒不寧**地吸了幾口，吐出了一圈圈的白煙。站了一會後，他打開門走到外面去，眺望了一下月光下的荒野，又掏出懷錶看了看，好像正在等待着甚麼。

同一時間，在不遠處的樹影下，一頭**猛獸**的黑影**無聲無息**地趴在地上，悄悄地監視着老爵士。

「唔……怎麼還沒來……？」老爵士把弄着已燒短了一截的雪茄，又掏出懷錶瞥了一眼。看來，他已等得有點不耐煩了。

不久，「啾——」的一下鳴叫聲從遠處傳

來。

「唔？雀鳥大都是早上才叫呀，是甚麼鳥在夜裏也叫呢？」老爵士心裏嘀咕。可是，他還未及細想，已看到前面不遠處有一團**燐光**悄悄地移動，正往他的方向走來。

老爵士赫然一驚，慌忙定睛看去，只見在那團燐光裏亮着一對**紅色的眼睛**，正狠狠地盯着他。

「啊！難道……難道是……**魔犬**？」老爵士感到背脊發寒，馬上轉身就跑。

「**吼**」的大叫一聲，閃耀着燐光的黑影立即追去。

「**哇——**」老爵士一邊大叫一邊拚命地往

林蔭小徑的盡頭奔去。

可是，黑影卻**窮追不捨**，眼看就快追到之際，老爵士被甚麼絆着了似的，突然「**啪噠**」一下倒在地上……

手杖的主人

華生站在壁爐前，拿起擱在旁邊的一根手杖。

「昨夜我不在，是一位客人來訪時遺下的。」正在喝茶的福爾摩斯說。

「是根用檳榔木造的手杖呢。」華生摸了摸手杖頂端的疙瘩，又看了看其下的**金箍**，只見上面刻着「*To James Mortimer, M.R.C.S., from his friends of the C.C.H.*」。

To James Mortimer,
M.R.C.S.,
from his friends of the C.C.H.

「**M.R.C.S.***即是**皇家外科學院院士**，這位**占士・莫蒂**與我是同行，還是個外科醫生呢。」華生說。

「那麼，**C.C.H.**又是甚麼意思？」福爾摩斯問。

「其中一個**C**應該是**Club**（俱樂部），另一個**C**是某個**地方的縮寫**，那個**H**嘛，看來是**Hunt**（狩獵）的意思。」華生想了想，繼續推測道，「看來，這位莫蒂醫生曾為一家狩獵俱樂部的會員看過病，會員們

* Member of the Royal College of Surgeons的簡寫。

就把這根手杖送給他留念了。」

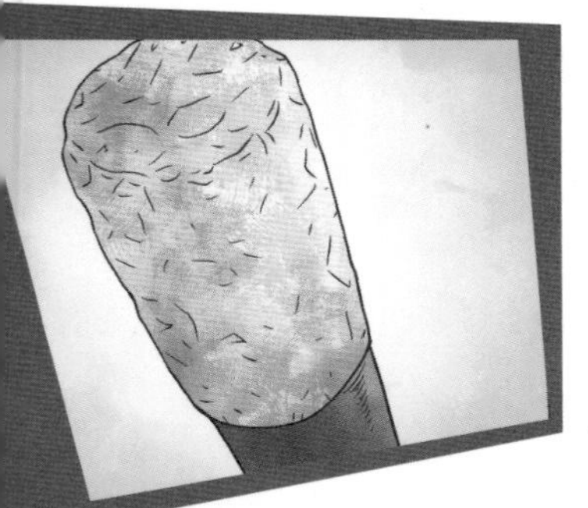

「還有呢？」

華生拿起手杖，仔細地檢視了一下末端的**金屬包頭**，說：「這個包頭已被碰得**傷痕累累**，在城市用的話應該不會這樣。唔……看來它的主人經常要在鄉間的小徑來來回回吧。從這點看來，他大概是個**鄉村醫生**吧。」

「了不起！」福爾摩斯稱讚道，「看來我一直低估了你的能力，**你自己或許不會發光，卻是光的傳導者**。」

「你這是讚美還是嘲笑？」華生有點生氣地說，「聽起來好像是說：『華生，你不是天才，卻能夠刺激天才發光。』而那個天才，就是你。對吧？」

「哈哈哈，你太過敏感了。」福爾摩斯站起來，拿過手杖走到窗邊細看。

不一刻，福爾摩斯抬起頭來狡黠地一笑：「我剛才那句話的意思，其實是：『**當我指出你的錯誤時，往往也會促使我接近真實。**』」

「甚麼？難道你認為我的推論錯了？」華生不服氣地問。

「不，你指物主是個鄉村醫生是對的。不過，這根手杖與狩獵俱樂部無關，因為**H**的意思並非**Hunt**（狩獵），而是**Hospital**（醫院）。至於**C.C.**嘛，應該是**Charing Cross**（查林十字）的縮寫，就是說，手杖是物主在查林十字醫院的同僚送的。」

H→Hospital
C.C.→Charing Cross

「但他不是個鄉村醫

生嗎？查林十字可是倫敦的大醫院呀。」

「答案已寫在牆上啊。」福爾摩斯理所當然地說，「他在查林十字醫院工作過一段時間，當要搬到鄉間開業時，收到同僚一份**送別的禮物**，那就是這根手杖。」

「這個嘛……確實有道理。」華生不得不同意。

「你知道嗎？」福爾摩斯又問，「物主還養了一隻狗，是隻不大不小的**中型犬**。」

「你怎知道的？」華生訝異。

「你看看這裏。」福爾摩斯指着手杖中間的傷痕說，「這些是**狗咬的牙印**，物主看來喜歡讓狗咬着手杖散步。從牙印**間隙**的大小推算，那是一隻中型犬。」

「原來如此。」

「而且——」福爾摩斯往窗外瞥了一眼，「牠還是一隻長着捲毛的**長耳可卡犬**呢。」

「不會吧？單憑牙印就可以推斷出狗種？」華生感到**不可思議**。

「嘿嘿嘿，華生，你太老實了。」福爾摩斯笑道，「單憑**牙印**又怎能推斷出**狗種**，我只是看到手杖的物主剛剛與他的愛犬下車罷了。」

「哎呀，又作弄我，太可惡了！」華生抗議。

「你聽，門鈴已響起，現在房東太太走去開門了。嘿，莫蒂醫生和他的愛犬上樓梯啦，從腳步聲看來，他應該只有**30多歲**，肯定不

過40。」福爾摩斯像個解畫員似的，一邊聽着聲音一邊解説，「華生，你聽聽，來者正一步一步走進我們的世界之中，他會為我們帶來幸福？還是帶來災禍？他對我這個犯罪專家有甚麼期待呢？來！莫蒂醫生，請進來吧！」

話音剛落，一個體形略胖的紳士走了進來，他還拖着一隻搖頭擺尾的可卡犬。此外，他身穿一套舊西裝，戴着金絲眼鏡，兩隻眼睛炯炯有神，一看就知道是個頭腦明晰的聰明人。

「啊！太好了！太好了！」他一看到福爾摩斯拿着的手杖就興奮地叫起來，「原來在這裏，我還以為遺留在馬車上呢！這手杖很有**紀念價值**，丟失了的話會叫我心痛好幾個月啊。」

「是份禮物吧？」福爾摩斯問。

「是的，是份禮物。」

「查林十字醫院送的？」

「是我**結婚的時候**，醫院的同僚送的。」

「哎呀，射**歪**了、射**歪**了！」福爾摩斯失望地搖搖頭。

莫蒂醫生吃驚地眨了眨眼，問道：「射**歪**了？甚麼意思？」

「不，我們在玩**推理遊戲**，我以為自己正中紅心，怎料到卻**歪**了一點點。」福爾摩斯笑道，「對了，你剛才說到結婚？」

「是的，由於結婚的關係，必須掙錢養家，只好辭去醫院的工作，到鄉間開業去了。」

「你看！雖然**歪**了一點，但總體上來說也算**準確**啊。」福爾摩斯向華生笑道。

「得啦、得啦，知道你厲害了。」華生沒好氣地說，「你還沒介紹我呢。」

「啊！差點忘了。」福爾摩斯向客人介紹，「這位是我的老搭檔華生醫生，與你是同行。」

「**久仰大名**！很榮幸能認識你。」莫蒂與華生客套幾句後，不知為何**目不轉睛**地盯着大偵探的額頭，並提出了一個奇怪的要求，「福爾摩斯先生，我可以摸一下你的頭嗎？」

「甚麼？」

「我的業餘興趣是研究**頭蓋骨**，我看你的頭顱很特別，肯定會有人類學博物館願意收藏你的頭蓋骨。」莫蒂一本正經地說。

「抱歉，我倒不想**自己的首級**放在博物館中讓遊客觀賞呢。」福爾摩斯打趣地婉拒。

「是嗎？那太可惜了。」莫蒂有點失望。

「對了，你昨夜和現在到訪，不是為了來考察我的頭蓋骨吧？」

「不，我遇上一個**棘手的問題**，才來找你幫忙的。」

「**願聞其詳**。」

莫蒂**神色凝重**地點點頭，並從口袋中掏出一卷發黃的文件，說：「這是巴斯克維爾家代代相傳的**古文書**，寫於1742年。三個星期前，我的病人查爾斯·巴斯克維爾爵士**死於非命**，就與這份文書有關。」

「啊？為何與文書有關呢？」福爾摩斯問。

「因為，文書上記載着的一段歷史，與他的死幾乎**如出一轍**，令人感到非常不可思議。」說着，莫蒂揭開了那份古文書，道出一段叫人**聞之喪膽**的「**魔犬傳說**」……

魔犬傳說

在15世紀的大叛亂時代，這座巴斯克維爾莊園的主人是**惡名昭著**的**雨果·巴斯克維爾**。他是個**卑鄙無恥**、**無惡不作**的大壞蛋。不過，在那個弱肉強食的時代，為了生存，人們多多少少都沾染了惡俗之氣，**無視法紀**乃家常便飯。所以，鄉鄰們對雨果的惡行也只好聽之任之，並沒有加以約束。

不過，這種放任助長了雨果的囂張氣焰。他竟然強搶**良家婦女**，把一個少女擄走，並囚禁於莊園樓上的房間之中。是夜，當雨果與他那幫**豬朋狗友**飲酒作樂、慶祝奪得美人歸時，少女在驚恐之下，冒着摔死之險，攀着窗外的藤蔓爬到樓下逃走了。

她一直跑呀跑，穿過佈滿**奇岩怪石**的沼地，直往9哩外的家逃去。但與此同時，雨果發現少女不見了，就叫那幫損友放出十多隻獵狗追趕。他自己更率先騎上綽號「**黑流星**」的愛駒全速追捕。

當**豬朋狗友**們拿着火把走到荒野的沼地時——

噠噠噠……噠噠噠……

噠噠噠……噠噠噠……

一陣馬蹄聲在眾人的前方傳來，不一會，那匹壯馬「黑流星」竟口吐白沫，兩蹄發軟似的向他們走過來。豬朋狗友們大驚之下慌忙趨前看去。此刻，他們看到韁繩拖在地上「嚓嚓」作響，馬背更只餘空座，鞍上人已失去了蹤影！

眾人雖然已被嚇破了膽，但雨果不見了，也只好硬着頭皮前行搜索。他們在沼地上走着走着，終於看到了幾隻獵狗。但叫人驚懼的是，牠們竟在一塊大石下蜷作一團不斷地哆嗦，還發出「嗚嗚」之聲，像求饒似的哀叫。

眾人見到此情此景，連僅餘的醉意也消失得無影無蹤。

「不如……走吧……」有人提議。

「不行，雨果可能出了事，必須找到他。」也有人反對。

眾人稍作商量後只好繼續前行，但走了幾步，就看到一隻倒在地上的獵狗。再往前走了幾步，又看到另外兩隻獵狗倒在地上。最後，他們更看到兩個人的屍體雙雙橫陳地上，他們不是別人，正是那個逃脫的少女和雨果！

就在這時，在慘白的月光下，一團令人感到**毛骨悚然**的青光忽然在黑暗中閃現。同一瞬間，「吼」的一聲炸響，一頭**體碩如牛**的魔犬凌空撲出，猛地往其中一人的喉頭咬去……

「那幫**豬朋狗友**中，只有一人趁亂死裏逃生，把上述那個親眼目睹的情景說出來。」莫蒂從古文書中抬起頭來，**猶有餘悸**似的說，「這份文書，就是根據那個倖存者的口述寫成的。其後，據傳有多位巴斯克維爾的後人在那片荒野的沼地上**死於非命**，所以，這份文書以這句說話作結——子孫們啊！求神庇佑，你們千萬不要在**惡靈肆虐**的黑夜前往那片荒野，否則，必會墮入**萬劫不復**的深淵啊！」

「好一個駭人聽聞的『**魔犬傳說**』呢。」福爾摩斯以**半信半疑**的語氣問道，「莫蒂先生，你不是暗示三個星期前的那起命案，也跟魔犬作惡有關吧？」

「這不是暗示，而是**聯想**。」莫蒂說，「巴斯克維爾爵士就倒在通往與荒野相鄰的紫杉小徑門外，當管家**巴里莫亞先生**發現他深夜未歸，走去找到他時，他早已**一命嗚呼**了。」

「啊？難道他就如雨果那樣，是被咬死的？」華生好奇地問。

「不，我接到管家通知後第一時間趕去，看到他倒在小徑的盡頭附近，發現他是心臟病發而死的。」莫蒂說到這裏，「咕咚」一聲吞了一口口水，臉帶懼色地說，「不過，除了爵士的足跡外，在小徑和屍體四周，我還發現了其他足跡。」

「其他足跡？是男的還是女的？」華生問。

「都不是。」

「都不是？難道——」福爾摩斯眼底閃過一下寒光。

「**沒錯！是犬類動物的爪印！**」莫蒂兩眼瞪得大大的說，「不過，爪印非常大，大得令人不敢相信。由於我看過古文書，馬上就聯想到**魔犬**了！爵士一定是遇上魔犬，被嚇得心臟病發而死！」

福爾摩斯無言地盯着莫蒂，眼神中充滿了疑問。

「**你不信嗎？**」莫蒂慌忙補充，「我是爵士的醫生，也是他的好友，一向知道他有心臟病。而且，他早年喪妻，膝下無兒，雖然家財萬貫，但生活得很簡樸。由於年輕時拚命工作賺錢，不太重視自己的健康，所以老後百病纏身。近來他的心臟惡化得很厲害，其中一個原因就是看到這份古文書後，對莊園外的沼地心生恐懼，終日顯得提心吊膽。因此——」

「且慢。」福爾摩斯抬手問道，「這份古文書不是爵士家代代相傳的嗎？他應該早已看過呀，為何到了最近才為古文書上的傳說而提心吊膽，被嚇得病情惡化呢？」

「這個嘛……」莫蒂答道，「我也不太清楚，據他說自幼已聽過這個傳說，在兩年前搬回莊園定居時並不放在心上。不過，幾個月前整理莊園的舊物時，偶然發現了這份古文書。一讀之下，他就像着了魔似的被那段傳說纏住

了。自此之後，他說在夜裏常常聽到荒野傳來一陣陣恐怖的**嗥叫**。」

「原來如此……」福爾摩斯沉吟半晌後問，「爵士既然被傳說弄得**心緒不寧**，應該對那片荒野有戒心才對呀，為何事發當晚還要走到荒野旁的紫杉小徑上去呢？」

「他在晚飯後有到小徑去**散步**的習慣，那兒的紫杉長得很茂密，就像一堵圍牆那樣把荒地**隔開**，只要不走到外面去，是很安全的。」

莫蒂遲疑了一下，繼續道，「只是……只是當晚不知為何，他打開了與荒野相通的一道門，還在那兒站立了大約**5至10分鐘**。」

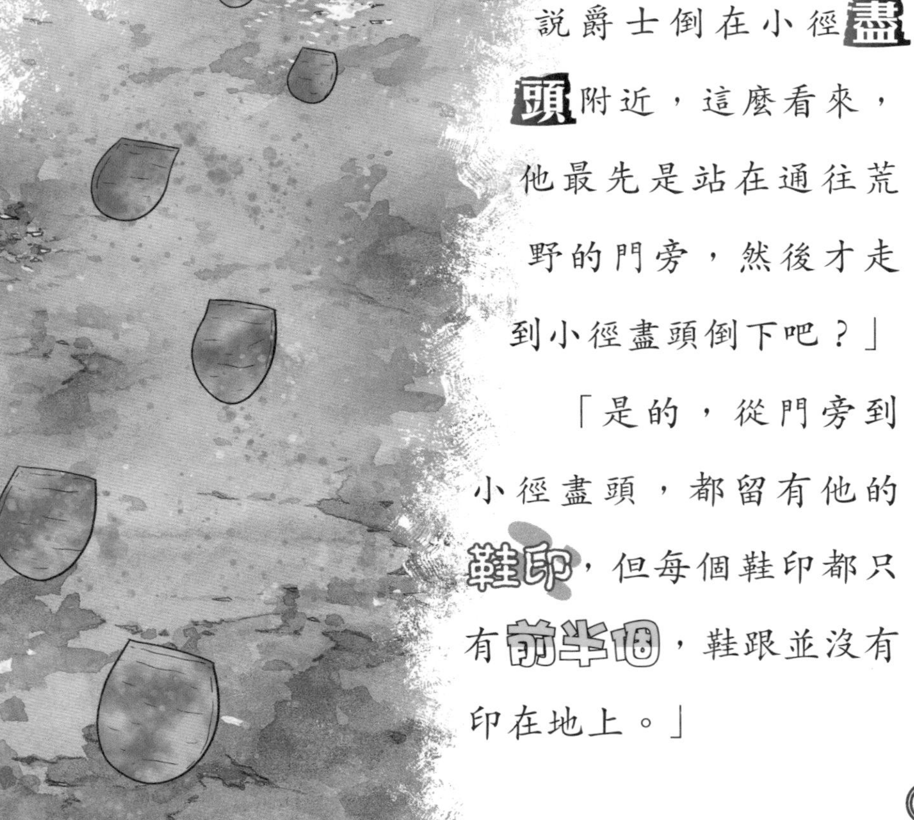

聞言，福爾摩斯眉頭一皺：「你剛才説爵士倒在小徑**盡頭**附近，這麼看來，他最先是站在通往荒野的門旁，然後才走到小徑盡頭倒下吧？」

「是的，從門旁到小徑盡頭，都留有他的**鞋印**，但每個鞋印都只有**前半個**，鞋跟並沒有印在地上。」

「這證明他當時正在逃命，因為拚命奔跑時多是**前掌**先着地，並承受了體重的全部壓力，在地上留下的鞋印自然較**深**。反之，腳掌後半部承受的壓力較少，腳跟留下的鞋印就不太明顯了。」福爾摩斯說完，想了想又問，「你說爵士在門旁站立了大約**5至10分鐘**？是如何得知？」

「啊，是這樣的。巴斯克維爾爵士有抽雪茄的習慣，我在門旁的地上找到**一根點過的火柴**，和**一根燒了三分之一的雪茄**。從雪茄的長度推斷，就知道他站在那裏大約5至10分鐘了。」

「很好！你比**孖寶幹探**更有探案的潛質呢。」福爾摩斯笑道。

「孖寶幹探？」莫蒂不明所以。

「那是我們又愛又恨的兩個好朋友，他們雖然是蘇格蘭場的警探，但探案的能力卻叫人不敢恭維。」華生解釋道。

「恕我們岔遠了。」福爾摩斯回到正題，「在這個季節，你們那兒的夜晚應該還頗冷。爵士在又冷又夜的荒野邊陲抽了5至10分鐘雪茄，不會是站在那裏乘涼吧？我認為他是在等人，但他在等誰呢？」

「我跟你的想法一樣，估計他死前是在**等人**，但想不到他在等誰。」莫蒂說，「而且，為了減輕傳說帶來的焦慮，我建議他暫時到倫敦來休養一段時間。他已買了車票，本來在**第二天一早**就要動身的，按道理他當晚應該早點休息才對。」

「**啊？在動身前一晚遇害？**」福爾摩斯眼底閃過一下寒光，「除了你之外，有人知道他這個決定嗎？」

「有呀，管家**巴里莫**

亞夫婦一定知道。此外……」莫蒂想了想說，「與爵士非常投契的博物學家斯特普頓先生也有勸爵士到外地休養，他肯定知道爵士來倫敦的事。賴福特莊園的弗蘭克蘭先生雖然脾氣古怪，常常疑神疑鬼，但與爵士的關係尚算不錯，爵士走之前一定跟他打了招呼。此外，莊園附近的農民常常上門兜售蔬果，爵士很喜歡與他們搭訕，很有可能提及來倫敦的事。」

「這麼多人知道嗎？」福爾摩斯臉上閃過一下不安。

「有甚麼問題嗎？」華生察覺老搭檔神情有異，於是問道。

「沒甚麼。」福爾摩斯故意避而不答，並向莫蒂再問，「事發當晚，有沒有目擊證人呢？」

「沒有，但有個吉卜賽**馬販子**在附近路過，說好像聽到有呼喊的聲音，和幾下嗥叫。不過，他說當時醉得很厲害，也有可能聽錯。」

「僅此而已？」

「當晚的情況確是只有這些。」莫蒂說，「但慘案發生後，魔犬的說法**不脛而走**，紛紛有人走出來說見過那頭魔犬，說牠體形龐大，只在黑夜出沒，身上還帶着**青光**，非常恐怖。」

「你相信這些傳言？」福爾摩斯問。

「我是醫生，醫生必須講求實證的科學精神。所以，我去查問了三個人，一個是精明能幹的鄉下人、一個是敦厚老實的鐵蹄匠、一個是對沼地瞭如指掌的農戶，他們異口同聲都說『魔犬傳說』中的怪物與他們目擊的幾乎一模一樣。現在，整個地區都陷入恐慌之中，已沒有人夠膽在入夜後穿過那片荒地了。」

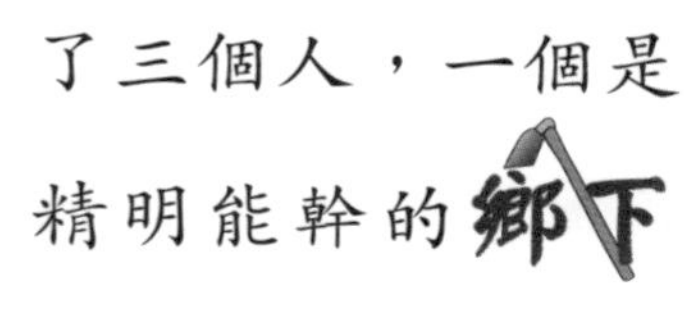

「這麼說來，講求科學精神的你也相信這種超自然現象了？」

「說來慚愧，我現在已不知道信甚麼好了。」

「作為一個私家偵探，我只能調查現實世界發生的事情，對付罪惡的話，

我膽敢說自己的能力**綽綽有餘**，但要我去**降魔伏妖**的話，實在**愛莫能助**啊。不過，你說的那些巨大足跡，是真真正正可以用肉眼看到的吧？」

「我親眼看到的，當然是肉眼能見。」莫蒂**斬釘截鐵**地說，「正是這點，令我不得不相信魔犬的存在啊！」

「這樣的話，你已是個**超自然現象**的信奉者了。」福爾摩斯斜眼看了看眼前的鄉村醫生，「既然如此，你為甚麼來找我呢？我是不

能也不會去對付魔犬的呀。」

「不，我並不是要你去對付魔犬。我只是想你見見**亨利·巴斯克維爾爵士**，向他提供一些意見罷了。」

「又一位姓巴斯克維爾的爵士？」華生不禁好奇。

「他是死者的**侄兒**，很快就會抵達滑鐵盧火車站。」莫蒂看了看懷錶，「準確來說，是在1小時零15分後下車。」

「他是**遺產繼承人**？」福爾摩斯問。

「是，由於我是遺囑執行人，很清楚

遺囑的內容。所以，馬上通知在加拿大經營農場的亨利·巴斯克維爾爵士，請他來辦理繼承遺產的手續了。」

「他是惟一的繼承人嗎？」

「老爵士有兩個弟弟。二弟約翰早死，其獨子就是這位亨利。三弟叫羅傑，據說是家族中的敗類，就像傳說中那個被魔犬咬死的雨果那樣專橫跋扈。」莫蒂說到這裏，突然壓低聲調，以耐人尋味的語氣繼續道，「最神奇的是，他的長相跟畫像中的雨果也一模一樣。不過，由於犯了事逃到中美洲去，後來得了黃熱病死了。老爵士似乎很討厭這個弟弟，對他的事情不欲多談，只說他死時孤身一人，並沒有兒女。所以，亨利是巴斯克維爾家僅存的子孫。」

查爾斯·巴斯克維爾爵士

二弟約翰　三弟羅傑

「明白了。」福爾摩斯俯身摸了摸趴在地上的可卡犬，「但具體説來，你想我為他做些甚麼呢？」

「我也不知道啊。但總是**心緒不寧**，恐怕『魔犬傳説』會在亨利的身上應驗。」莫蒂苦惱地説，「所以，我想請你向亨利提供意見，看看該怎麼辦。」

「是嗎？」福爾摩斯狡黠地向華生遞了個眼色，「我很**貴**啊，加上還要調查魔犬，費用就更難以計算了。簡單來説，**幾百鎊**是少不了的，沒問題吧？」

「這個嘛……」莫蒂猶豫了一下，「我要問一問亨利爵士，畢竟費用要由他來付。」

「好呀。如果他不嫌貴的話，明早10點帶他來這裏吧。」

「好的。」老實的鄉村醫生又看了看懷錶，「我要去接車了，還未知道他想入住甚麼**酒店**呢。」說完，他就起身，拖着那隻溫馴的可卡犬往門口走去。

「啊，對了。」福爾摩斯叫住莫蒂，「你剛才說有人親眼見過魔犬，那是爵士**過身前**還是**過身後**的事？」

「那是過身前的事。他過身後，我還沒聽說有人見過牠。」

「謝謝你，再見。」

福爾摩斯待下樓梯的腳步聲走遠了，才說道：「這個案子看來**非常有意思**，就算沒有酬勞，我也想接下來呢。」

「是嗎？你剛才不是說收費很貴嗎？」華生訝異，「我還以為你故意提高叫價，想把他嚇走呢。」

「嘿嘿嘿……」福爾摩斯狡猾地一笑，「反正那位亨利．巴斯克維爾先生飛來橫財，花幾百鎊買個安心也不算得甚麼呀。不趁機敲一筆，又怎對得起自己。而且——」

「而且？而且甚麼？」

「而且，此案牽涉巨額遺產，又有幾個耐人尋味之處，我已感到案中隱藏着重重殺機，收他幾百鎊一點也不貴。」

「幾個耐人尋味之處？究竟是甚麼？」華生緊張地問。

「你剛才沒聽出來嗎？」福爾摩斯臉色一沉，道出了以下幾個疑點。

① 那份古文書被發現後，魔犬才突然在那片荒野出沒。倘若傳說是真的，牠之前又躲到哪裏去了？難道古文書是封召喚書，把牠從魔界中召出來了？

② 事發當晚，巴斯克維爾爵士為何在冷颼颼的深夜與人相約見面？地點還定在他最害怕的荒野邊陲？那人是誰？有依約而來嗎？

③ 爵士已決定來倫敦休養，卻在動身前一晚遇害。時間上是否太過巧合？這種巧合又意味着甚麼？

④ 不止一個人見過魔犬，那些人卻沒有遇襲，難道魔犬專挑巴斯克維爾家的人施襲？原因又是甚麼？

⑤ 為何爵士遇害後的這三個星期裏，沒有人再見過魔犬？牠為甚麼忽然消失了？

⑥ 魔犬如是超自然的靈異現象，為何會留下實實在在的爪印？幽靈鬼怪不是來無影去無蹤的嗎？如魔犬不是靈異現象，牠的真身又是甚麼？

道出案子的疑點後，福爾摩斯又回復平常那樣，一動不動地靠在椅子上抽煙斗。不一刻，他才抬起頭來問道：「華生，今天是星期日，你要外出嗎？」

「想出去買點東西，你需要幫忙的話，我可以留在家中。」

「不必了。」福爾摩斯搖搖頭，「在正式行動之前，我還用不着你。不過，你路過雜貨店時，可以給我買一磅煙絲嗎？還有，你最好不要在黃昏前回來，我得花點時間**專心一致**地分析一下手上的信息。」

「好的。」華生知道這個時候應該讓老搭檔獨處，就識趣地離開了。他到俱樂部消磨了整個下午，到了晚上才回到**貝格街**。不過，他一打開門，就大吃一驚，只見客廳中**濃煙密佈**，還以為自己闖進了火災現場。

在煙霧中，華生看到一個人影在燈光中顯現出**模糊的輪廓**，不用說，那當然是我們的大

偵探福爾摩斯。

「**吭吭吭！**」華生被濃煙嗆得不禁連咳數聲。

「華生，你得了**感冒**嗎？」

「你還敢說？怎麼把客廳變成了**毒氣室**？」

「毒氣室？這麼說來，確實有點輕煙在飄動呢。」

「甚麼有點輕煙！簡直就是**濃煙密佈**，令人呼吸也困難啊！你再這樣吸煙的話，一定會得**肺癌**死掉！」

「是嗎？那麼快去開窗吧。」福爾摩斯癱在椅上不動，懶洋洋地說，「你這個人好**悶**啊，居然整天都**呆**在俱樂部。」

「你怎知道的？」華生打開窗後，使勁地撥開面前的煙問道。

「不是嗎？你出門後，下午下了場大雨，馬路上一定到處**泥濘**，你要是整天在外跑的話，褲腳和鞋子一定會被**沾污**。」福爾摩斯瞄了一眼華生，「可是，你全身**乾乾淨淨**，毫無疑問是整天都**呆**在室內。今天是星期天不用上班，你又沒有甚麼朋友，不呆在俱樂部還有何處可去。我說得對嗎？」

「這也太明顯了吧。何須**大偵探**一一分析呢？」

「嘿嘿嘿，不**細心觀察**的話，就算非常明顯的事情也不會有人注意啊。」福爾摩斯話鋒一轉，反問，「你看看我，知道我去過甚麼

地方嗎？」

華生打量了一下福爾摩斯，說：「你甚麼地方也沒去，就一直呆在這裏。」

「正好相反，我到**德文郡**去了。」

「怎可能？難道是你的靈魂去了？」

「正是。」福爾摩斯坐直身子，**一本正經**地說，「你走後，我派小兔子去斯坦弗警局借來了巴斯克維爾莊園附近的**地圖**。我的靈魂就在地圖上遊走了一整天，已對那兒的地理環境**瞭如指掌**了。」

「真的？」

福爾摩斯打開地圖，指着左上方說：「這兒就是**巴斯克維爾莊園**（Baskeriville Hall）。」

「四周都被樹林圍繞着呢。」

「是的，雖然沒有註明，但我看這條就是紫杉小徑，它的下方就是那片荒野沼地（The Moor）。」福爾摩斯在地圖上邊移動着指頭邊説，「這些聚在一起的房子是格林盆村（Grimpen Village），莫蒂醫生住在這兒。在10哩的半徑範圍還有幾所房子，這是

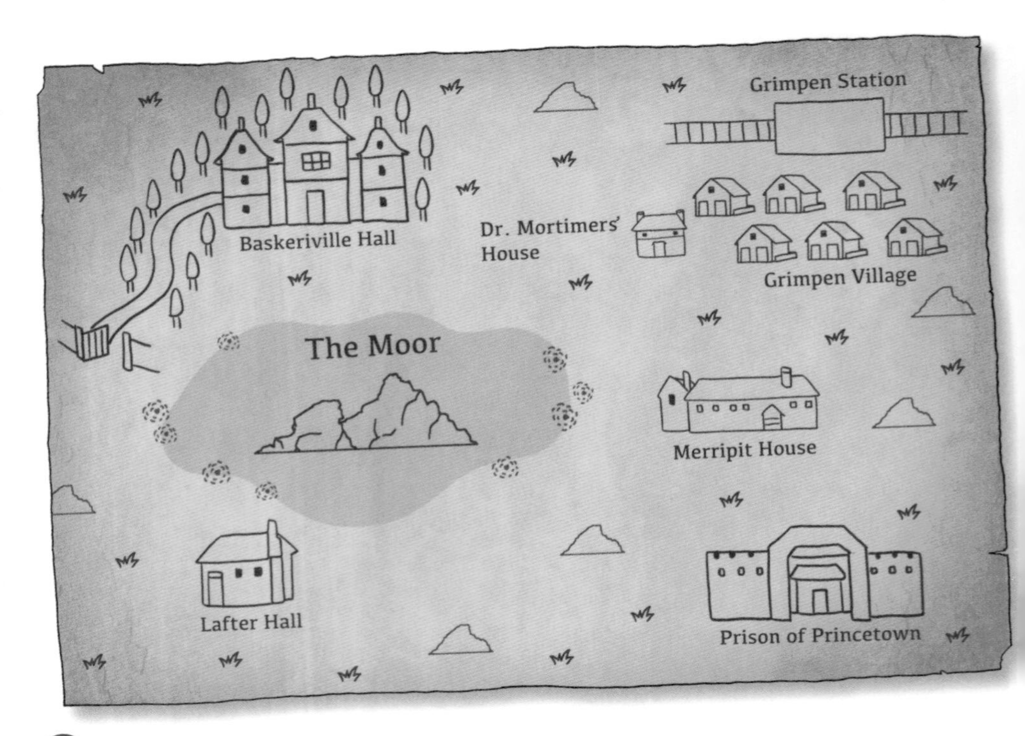

莫蒂醫生提過的賴福特莊園（Lafter Hall），它的主人是脾氣古怪的**弗蘭克蘭**先生。那位博物學家**斯特普頓**先生的住所不明，但估計也是住在這裏的其中一所房子。」

「這地圖繪畫得好仔細呢。」

「還有，14哩外的這棟建築物是**王子鎮的監獄**（Prison of Princetown），關着不少重犯。看了這幅地圖，就算尚未去過那裏，大概也想像得到人們在**怪石嶙峋**的荒野上擇地而居，而且被**星羅棋佈**的沼地隔開，簡直就是上演悲劇的最佳舞台。」

「要是真有魔犬的話，一定是齣令人**毛骨悚然**的悲劇。」華生不禁打了個寒顫。

「嘿嘿嘿，**毛骨悚然**嗎？這齣戲已為我們準備了兩個角色啊。」福爾摩斯試探地問，「你已準備好出演嗎？有我們的話，或許能把它的**悲劇色彩**減輕一些呢。」

剪貼字的警告信

一宿無話，第二天早上10點正，莫蒂醫生帶着年輕的爵士來到。

爵士**眉清目秀**，身體結實，臉容精悍，是個充滿自信的英俊男兒。

華生注意到，他那一身棗紅色西裝看來是全新的，與那雙在**日炙風吹**下顯得有點殘舊的**皮鞋**並不相襯。

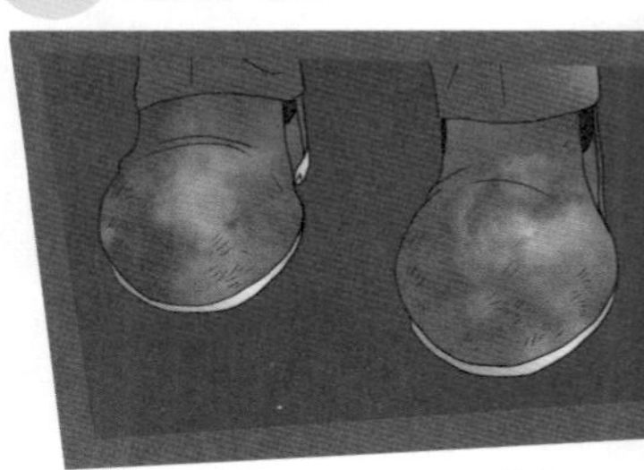

「這位就是**亨利·巴斯克維爾爵士**。」莫蒂醫生向兩人介紹。

「久仰大名。」亨利向福爾摩斯説，「其實，就算莫蒂醫生沒叫我來找你，我自己也肯定會來。因為我聽聞你**洞察秋毫**，一眼就可看穿一些叫人感到**莫名其妙**的事。例如，我今早就遇上了一樁。」

「請坐吧，巴斯克維爾爵士。請問是甚麼事呢？」

「不要客氣，叫我亨利吧。」亨利説着，掏出一封信放在桌上，「就是這個，今早收到的，可能只是個**惡作劇**。」

華生看到，那是個很普通的**灰色信封**，上面寫着「**Sir Henry Baskerville**

Northumberland Hotel」（諾桑伯蘭酒店　亨利·巴斯克維爾爵士收），郵戳是昨天蓋的，上面印着「**Charing Cross**」（查林十字街）。

福爾摩斯拿起信封檢視了一下，說：「信封上的字跡有點潦草呢。亨利爵士，請問有人知道你訂了諾桑伯蘭酒店嗎？」

「沒人知道啊，我是在車站見到莫蒂醫生後才決定的。」

「那麼，莫蒂醫生，你來倫敦時常住這間酒店嗎？」

「不，我通常在朋友家居住。」莫蒂答道，「入住諾桑伯蘭酒店是**臨時決定**的，沒有人會預先知道。」

「這麼說的話，有人非常關心你們的一舉一動呢。」福爾摩斯說着，用鑷子把折了一折的半張信紙取出，再舉起來看了看，然後小心翼翼地把它打開，鋪在桌上。

「啊……」華生看到信後，不禁低聲驚叫。因為，信中的警告字句是用剪貼字黏貼而成的，手寫的只有「Moor」（沼地）一詞。

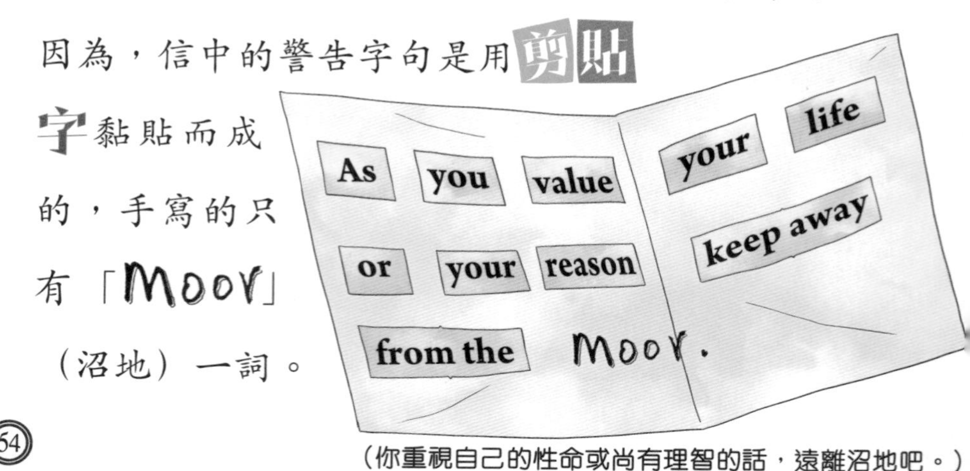

（你重視自己的性命或尚有理智的話，遠離沼地吧。）

「這究竟是怎麼一回事呢？是甚麼人對我這麼感興趣呢？」亨利問，「福爾摩斯先生，你或許能告訴我吧。」

「先別急，我們得**抽絲剝繭**地分析，才能逐步逼近真相。」福爾摩斯說，「首先，信紙很

普通，沒有水印，難以追蹤出處。但從**郵戳**的時間可推論出，信上的字應是從昨天的**《倫敦時報》**上剪下來的。」

「為甚麼是《倫敦時報》？不可以是其他報紙嗎？」莫蒂醫生問。

「《倫敦時報》的讀者多是知識分子，用的**字體**很講究，與一般三流小報的**粗製濫造**不可相提並論。單看字體和印刷的精細度，就知

道信中的剪貼字來自《倫敦時報》。況且，這是該報**評論欄**專用的字款，一眼就能認出來了。」

「是嗎……？」莫蒂醫生有點**半信半疑**。

「這裏有一份昨天的《倫敦時報》。」未待福爾摩斯開口，華生已把報紙找來了。

福爾摩斯翻到**評論欄**那一頁，仔細地看了一遍，説：「你們看，就是這裏了。那些剪貼字都是從這篇評論**自由貿易**的文章中剪下來的。」

亨利和莫蒂湊過頭去看，很快就找到了「**value**」、「**life**」、「**reason**」和「**keep away**」這幾個字，至於「**you**」、「**your**」、「**or**」等日常用字，不用找也輕易地看到了。

「太厲害了！」亨利驚歎，「可是，那個手寫的『Moor』字又怎樣說明呢？」

「原因很簡單呀。」福爾摩斯一笑，「『Moor』不是常用詞，要在報紙中找出來並不容易啊。」

「這倒也是。」

「此外，這些字都是用**指甲鉗內的小剪刀**剪下來的。」福爾摩斯指着其中一個剪貼字「**keep away**」邊沿上的**小瑕疵**說，「你們看，這個片語動詞長了一點，一刀

剪不下，要剪**兩下**，證明寫信者用的剪刀很短。除了指甲鉗內的小剪刀外，實在想不出其他。」

「**厲害！**」亨利再次讚歎。

不過，他馬上又以挑戰的語氣問：「知道這個又有甚麼用呢？」

「嘿嘿嘿，當然有用。」福爾摩斯狡黠地一笑，「請想像一下，如果有一般的剪刀，你會用**指甲鉗的剪刀**來剪報紙嗎？」

「當然不會，剪刀太短，剪報會非常麻煩。」

「那麼，這就説明，寫信者身邊**沒有一般的剪刀**，只好用隨身攜帶的指甲鉗內的小剪刀了。」

「這麼一來，就可確定一點——此信不是在**家裏**或**辦公室**裏剪貼的。因為，這兩個地方很易找到剪刀。」華生為老搭檔補充道。

「單憑這一點，我們已可縮窄寫信者身處的範圍了。」福爾摩斯說完，用鑷子**小心翼翼**地剝下其中一個**剪貼字**，用放大鏡檢視了一下其背面的**漿糊**，又放到鼻子下面嗅了嗅。

「哈！有趣。」福爾摩斯翹起嘴角一笑。

「怎麼了？不是普通的**漿糊**嗎？」亨利問。

「不，這是**飯糊**，雖然已乾了，但還殘餘着一點**黑松露意大利燉飯**的香氣呢。」

「甚麼？用黑松露意大利燉飯來當漿糊？」亨利大感意外。

「現在看看貼郵票用的是甚麼吧。」福爾摩斯剪下**郵票**，放到一杯温水中泡了一會，再用鑷子把**郵票**從紙上輕輕剝下來。

「郵票是用膠水貼的。」細心檢視了一下後，福爾摩斯又看了看信封的封口，說，「封口很平滑，也是用**膠水**貼的。」

「寫這封警告信的人太有意思了。」莫蒂醫生感到不可思議，「用**飯糊**來黏貼**剪貼字**，但貼**郵票**卻用**膠水**，究竟為的是甚麼呢？」

「華生，你有甚麼看法？」福爾摩斯問。

華生想了想，答道：「一般來說，只有意大利餐廳和家裏才能煮黑松露意大利燉飯。不過，剛才分析剪刀時，已排除了在家中剪貼此信的可能性。那麼，餘下的只有**意大利餐廳**了。」

「很好。」福爾摩斯讚道，「不過，我相信寫信者不會在餐廳內叫一客意大利燉飯，然後**堂而皇之**地剪貼這種信吧。所以，我們可肯定，此信不是在餐廳裏黏貼的。」

「不是家又不是餐廳，還有甚麼地方呢？」亨利完全摸不着頭腦。

「**餐廳，最終還是餐廳。**」

「福爾摩斯先生，恕我得罪了。」亨利說，「你好像有點**前言不對後語**啊。」

「嘿嘿嘿，怎會呢？我說的只是此信不會在餐廳內黏貼罷了，沒說燉飯不是在餐廳內煮的呀。」福爾摩斯莞然一笑，接着**一語道破**，

「**酒店！**答案是酒店。因為，酒店中有餐廳，房客可以利用**送餐服務**，讓侍應生把燉飯送到房間。」

「啊……！」亨利恍然大悟，「這樣的話，他可以在房間內施施然地用**飯糊**黏貼警告信，不怕被人看到了！」

「沒錯，正是如此。」福爾摩斯說，「當他黏貼完警告信後，寄信時，就可走到**前台**借用**膠水**為信封封口和貼上**郵票**了。畢竟，飯糊的黏性較弱，要是封口不牢，在投寄後信件掉了出來，會引起不必要的麻煩。」

「有道理。」亨利說，「這麼一來，就可斷定寫信者和我一樣，是**酒店的住客**。」

「不，這只是判斷的其中一個線索。」福爾摩斯指着信封說，「你們仔細地看看，地址、名字和信上的『moor』字都寫得**斷斷續續**的，可以看

出墨水筆的筆尖已有點分叉了。此外，寫一個這麼短的地址，居然斷了三次墨，這顯示墨水瓶也差不多乾了。」

「啊！我明白了！」亨利興奮地說，「酒店的住客對免費的鋼筆大都用得很粗暴，所以筆尖常是開叉的。酒店為了省錢，也不會把墨水注滿。由此推斷，可知此信是在酒店房間內剪貼而成的，證明寫信者是酒店的住客。」

「對，正是如此。」福爾摩斯總結道，「每個剪下來的字都很細小，黏貼起來相當麻煩。不過，句子卻貼得整整齊齊，顯示出寫信者的性格謹小慎微，心思相當慎密。他特意發出這個警告，已證明無意加害於你，否則不會寫信**打草驚蛇**。」

「但不管怎樣，為了查清楚他的目的，必須把他找出來問個究竟！」亨利**毅然決然**地說。

「對了，你來到倫敦後，還有沒有遇到甚麼值得注意的事呢？」福爾摩斯問。

「沒有呀。昨天在酒店放好行李後，我和莫蒂醫生去百貨公司買了些**新的衣服鞋襪**，吃過晚飯後就睡了。」

「啊？倫敦的衣服比加拿大便宜嗎？」福爾摩斯好奇地問。

「不，我在加拿大經營農場，是個**鄉下人**，並不講究衣着。來到倫敦，加上又要

以爵士身份回鄉，總得穿得體面一點。」

「是嗎？那麼你為何換了全新的衣服，卻穿着一對傷痕累累的舊皮鞋呢？」福爾摩斯有點冒失地問。

「果然是福爾摩斯，他也注意到了。」華生心想，「不過，問得這麼直接，似乎太過無禮啊。」

「啊！這個嗎？」亨利毫不介意地回答，「其實鞋已買了，本來今早是要換上新的，卻

沒想到被人偷了一隻。」

「甚麼？偷了一隻？」福爾摩斯訝異。

「是啊。我昨夜睡前把鞋交給服務員，吩咐他為我上上油擦一擦。服務員說擦好後會放在門外，但我今早起床去拿時，卻發現只剩下一隻。」

「我估計不是被偷，只是放錯了地方。」莫蒂說，「酒店一定會找回來的，不用擔心。」

「嘿嘿嘿，不成一對也得物無所用啊。」福爾摩斯別有意味地一笑，「我和莫蒂醫生的看法一樣，那隻鞋很快就會物歸原主的。」

「那麼，我們下一步該怎辦？」亨利問。

「你會聽從剪貼信的警告嗎？」

「不會！如被這種警告嚇倒的話，實在太窩囊了，我不是這種人。」

「很好。」福爾摩斯笑一笑，說，「你知道我的收費很貴吧？」

「沒關係，為了查出『魔犬傳說』和伯父遇害的真相，我願意支付。」

「**太好了！**」福爾摩斯精神為之一振，「不過，我待會有點事要處理，你們先回酒店，中午過後我和華生來與你們共晉午餐，到

時再**從長計議**吧。對了，要為你們叫輛車嗎？」

「不必了，我想先逛逛街才回去。」說完，亨利就與莫蒂一起告辭了。

兩人走後，福爾摩斯閉上眼睛，懶洋洋地吐了幾口煙。不一刻，他又突然從沙發上彈起來，大叫一聲：「**華生！走！**」

「**哇！**給你嚇死了。」華生訝異，「怎麼啦？」

「**先別問，要快！**」說完，福爾摩斯一手拉着華生就走。

神秘的大鬍子

福爾摩斯兩人**三步**併作**兩步**地衝下樓梯走到街上。

「在那邊！」福爾摩斯往牛津街的方向指去，只見亨利與莫蒂正在前面的不遠處。

「要叫住他們嗎？」華生問。

「不，只須**不動聲色**地跟着他們就行了。」

「為甚麼——」華生話到口邊，又吞了回去。他知道，現在最好甚麼也別問，只要聽從老搭檔的吩咐去做就行了。

兩人在後面跟着跟着，走上了牛津街。過了一會，又轉到攝政街。這時，亨利他們在一家商店的櫥窗前停了下來。

「噓！」福爾摩斯輕聲提示，叫華生往停在對面馬路的一輛馬車看去。

「怎麼了？」華生忍不住問。

「你看着就行了。」福爾摩斯壓低嗓子說。

亨利兩人在櫥窗外看了一會之後，又開步繼續往前走。同一瞬間，華生看到，那輛馬車也緩慢地開動了。

「啊，馬車好像在跟蹤亨利爵士他們。」華生低聲說。

「來，我們悄悄地走過對面，看看車裏的是**何方神聖**。」

福爾摩斯説完，急步往那馬車走去。華生見狀，也慌忙跟上。

兩人走近馬車時，突然，車頂的天窗「**啪嗟**」一聲打開了，車內的人向馬車夫喊了句甚麼，馬車就突然加速，沿着攝政街**狂飆**。

「糟糕！」福爾摩斯奮力地追去，可是追了幾十碼後，馬車愈去愈遠，他只能眼巴巴地

看着馬車絕塵而去。

「剛才看到了車內是甚麼人嗎？」福爾摩斯回過頭來，向追上來的華生問。

「是個留着絡腮鬍子的男人，他戴着氈帽，看不清楚容貌。」

「是的，我也只看到他的**絡腮鬍子**非常濃密，但帽檐的黑影掩蓋了他的容貌。」福爾摩斯有點懊悔地說，「這次**操之過急**，我應該叫輛馬車暗中跟着他，看看他在哪裏下車。這樣的話，就能知道他是甚麼人了。」

「可惜的是，我沒記住**車牌號碼**。你有記住嗎？」

「你以為呢？我當然記住了，是**2704**呀。」

「厲害，在**電光石火**的一剎那，也讓你記住了。」

「但此人也非常精明，竟僱了輛馬車來跟蹤，**一來**可以遮掩樣貌；**二來**也可迅速逃走；**三來**要是亨利爵士乘馬車離開的話，他還可馬上進行追蹤呢。」

「對了，你怎知道有人乘馬車**跟蹤**亨利爵士的？」

「你還是老樣子，明明聽着卻像**聾**了似的，

甚麼也沒聽進耳朵裏。」福爾摩斯沒好氣地說，「我剛才不是說過，有人很關注爵士的**一舉一動**嗎？此人一定是通過跟蹤，才得悉爵士住進了諾桑伯蘭酒店呀。所以，在家中跟爵士談話時，我曾兩次走近**窗邊**，看看樓下有沒有可疑的人，卻只看到那輛**馬車**停

在路邊。下樓後，當看到它在對面馬路緩緩地跟着爵士兩人時，就知道跟蹤者坐在車內了。」

「明白了。」華生說，「你叫爵士兩人先走，其實是來一招**螳螂捕蟬**，**黃雀在後**，利用蟬（爵士）引螳螂（馬車）暴露行蹤吧！」

「沒錯，可惜我這隻黃雀卻**坐失良機**，被螳螂逃去了。」福爾摩斯說到這裏，忽然笑道，「哈，正想去找曹操，沒想到曹操就到。」

華生抬頭一看，原來是**小兔子**正**百無聊賴**地朝他們這邊走來。

「小兔子，有空嗎？」福爾摩斯問道。

「**開玩笑！**你沒看見嗎？我正在趕路，忙得要死啊。」

「忙甚麼呀？」

「還用問嗎？當然忙着找人玩**解解悶**啦！」

「太可惜了，還想讓你賺些外快呢。」

「甚麼？」小兔子慌忙停下腳步。

「外快，是外快啊。你忙的話，就算了。」

福爾摩斯掏出一個金幣，用拇指「**叮**」的一下把它彈到半空中。

「**開玩笑！這外快我賺定了！**」小兔子用力一蹬，再伸長右臂往空中一抓，金幣已落入他的手中。

「好身手！」福爾摩斯讚道。

「哎呀，我很忙的呀！**廢話少**

説，有甚麼任務呀？」小兔子**老氣橫秋**地問。

「聽着，查林十字街附近有5家酒店，你先花一個先令打賞它們的門僮，説想從廢紙中找一份昨天被剪過的**《倫敦時報》**，還要説找到的話就出一個金幣把它買下來。明白嗎？」

「甚麼？一份**舊報紙**也值一個金幣？還要買剪過的？不如我給你買一份**新**的吧。」小兔子**自作聰明**地提議。

「傻瓜！我買舊的當然有原因！」福爾摩斯喝罵，「記住，我要剪過的，沒剪過的不要！不管能否找到，今晚也要回來把結果告訴我！」

説完，福爾摩斯從記事本撕下一張紙，寫上了那**5家酒店**的地址，並把五個先令和一個金幣塞到小兔子手中。

「哎呀！行啦！行啦！給你買回來就是了！」小兔子說完，就一陣風似的跑走了。

看着小兔子走遠了，華生問：「我知道你想通過那份被剪過的報紙找出疑人，但查林十字街附近至少也有20家酒店，為何選定了那5家？」

「黑松露意大利燉飯呀，只有那5家酒店的餐廳才有供應。」

「你怎知道的？難道你連酒店的餐單都記熟了？」華生感到不可思議。

「我才不會這麼無聊呢。」福爾摩斯說，「記得兩個月前的毒蘑菇案嗎？有不法商人把毒蘑菇冒充黑松露賣給酒店的餐廳，我當時作過深入調查，知道那附近只有5家酒店把黑松露入饌。」

華生佩服地歎了口氣，說：「你的記性太好了，我實在無話可說。」

「好了！還有兩個小時，我們去美術館逛逛打發一下時間，然後再去找亨利爵士請吃飯吧。」

兩人看完一位比利時大師的畫展後，來到了諾桑伯蘭酒店。福爾摩斯在上樓前，到前台打聽了一下昨天入住的客人，但沒有一個是留着絡腮鬍子的。

「你認為那個神秘人也會住在這家酒店嗎？」上樓時，華生問。

「想查證一個問題罷了。」

「甚麼問題？」

「看看亨利爵士或莫蒂醫生是否認識那人。」福爾摩斯解釋道，「如不認識，那人為**方便跟蹤**，極有可能入住這裏。反之，就會避開這家酒店，以免碰到時被**識穿身份**。現在看來，他與亨利爵士或莫蒂醫生是認識的。不過，亨利爵士長居**加拿大**，他在倫敦認識的人應該不多。所以，我懷疑那人害怕碰到的是莫蒂醫生。」

「這麼說的話，我們對莫蒂醫生身邊的人都不能不防呢。」

說到這裏，兩人已來到亨利爵士住宿的樓層。恰巧，亨利提着一隻沾滿塵土的**舊高筒皮鞋**，**氣**

急敗壞地向他們走來。

「怎麼了？還在找**皮鞋**嗎？」福爾摩斯問。

「太氣人了，非找不可！」

「可是，你失去的不是一隻**新鞋**嗎？」

「是呀！」

「但你手上的是隻**舊鞋**啊。」

「昨天是新鞋，今早卻是舊鞋！**我不見了一隻舊鞋啊！**」

「甚麼？」華生訝異萬分。

這時，一個服務員慌慌張張地走來，說：「先生，所有地方都找過一遍了，還沒有找到。」

「**豈有此理**，要是黃昏前還未找到，我會向你們的經理投訴，並馬上搬走！」

「一……一定會找到的。」服務員**期期艾艾**地說，「我……我保證一定能找到。」說完，就急急忙忙地走了。

「**太過分了！**」亨利轉過頭來，向福爾摩

斯說，「真抱歉，讓你看到我為這種無聊的小事**吵吵鬧鬧**。」

「嘿，我並不認為這是**無聊的小事**呢。」

「是嗎？為何這樣說？」

「遇到一件奇怪的事情可當作偶然，但**接二連三**地發生時，就必須思考箇中**隱含的意味**了。」福爾摩斯答道，「你伯父的死引發一連串事件，接連失去皮鞋

是其一。雖然，現在只有幾條線索，有時可能還會因為線索錯誤而走錯方向，但早晚也會在正確的線索引導下走對方向的。」

與莫蒂會合後，四人愉快地共晉午餐，其間並沒有觸及案情。吃完飯後，他們又回到房間，討論起案情來。

「亨利爵士，你下一步打算怎樣？」福爾摩斯問。

「到巴斯克維爾莊園去。」

「甚麼時候去？」

「兩天後。」

「這是個明智的決定，因為你必須反客為主，否則就太被動了。」

「反客為主？甚麼意思？」亨利問。

「你抵達倫敦時已被盯上了。」

「甚麼？」亨利和莫蒂都大吃一驚。

「你們沒察覺今早離開我家時被人**跟蹤**吧？」

「**跟蹤？被誰？**」莫蒂問。

「不知道。我們的**反跟蹤**被對方察覺，他乘馬車迅速逃脫了。」福爾摩斯眼底閃過一下寒光，「莫蒂醫生，在你居住的**格林盆**附近，有沒有留着灰黑色**絡腮鬍子**的人？」

「沒有——」莫蒂未說完又連忙更正，「不，有一個。他就是巴斯克維爾莊園的管家**巴里莫亞**。」

「知道他這兩天在甚麼地方嗎？」

「該在莊園裏吧。」

「最好去確認一下，說不定他來了倫敦呢。」

「怎樣確認？」

「很簡單。我們發一封電報給他，說亨利爵士即將回來，問他準備好了沒有。」福爾摩斯說，「另外，再發一封給當地的**郵政局局長**，說必須把電報直接交給巴里莫亞本人。此外，不管他在不在，都必須**回電**通知倫敦諾桑伯蘭酒店的亨利·巴斯克維爾爵士。這樣的話，就知道他是否在莊園裏了。」

「莫蒂醫生，那個**巴里莫亞**是個怎樣的人？」亨利問。

「他是已故老管家的兒子，他們一家**橫跨四代**人都在莊園工作。據我所知，巴里莫亞夫婦是出名的老實人，深受大家的尊敬。」

福爾摩斯想了想，問：「查爾斯爵士的**遺囑**裏，有沒有留下甚麼給他們？」

「有呀，夫婦兩人各自分得**500鎊**。」

「**啊**……」福爾摩斯面露詫異，「他們知道自己會得到這筆遺產嗎？」

「知道呀。查爾斯爵士很喜歡談論遺囑的內容，對此並不忌諱。」

「有趣、有趣。」福爾摩斯**別有意味**地

點點頭。

「不過，請不要對能獲得好處的人都懷疑啊。老實說，我也分到**1000鎊**呢。」

「真的？還有其他人得到遺產嗎？」

「很多人也分到啊，但金額並不多。此外，還有不少慈善團體也得到捐贈，餘下的就全歸亨利爵士了。」

「即是多少錢？」

「**74萬鎊**。」

「**好大的數目啊！**」華生不禁驚歎。

「在老爵士過身後，我們做過計算，他的遺產總值約100萬鎊。」

「**好大一筆財富！**」福爾摩斯也大為

驚歎，他看了一眼亨利，再向莫蒂醫生問道，「請恕我作個不吉利的假設，倘若亨利爵士不幸身故，誰來繼承這筆遺產呢？」

「按照法律規定，就由其他近親來繼承了。」莫蒂說，「但數下去，也只得一個名叫詹姆斯·德斯蒙的表兄弟了。」

「你見過他嗎？」

「見過，他去年來拜訪過查爾斯爵士。」莫蒂說，「他年紀已不小了，據說在威斯摩蘭是個德高望重的牧師，對遺產完全不感興趣，就算得到，看來也會全部捐出去。」

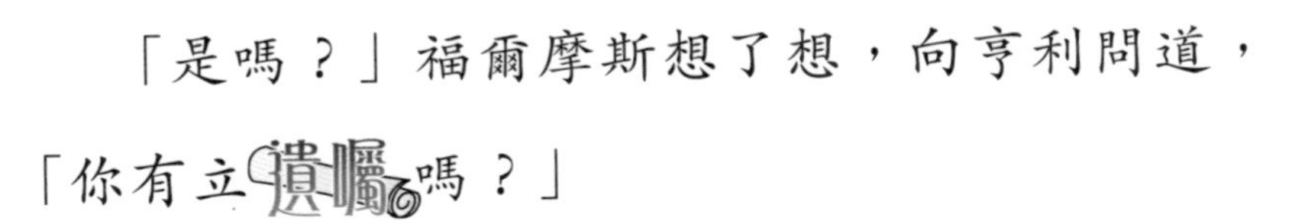

「是嗎？」福爾摩斯想了想，向亨利問道，「你有立遺囑嗎？」

「沒有。我來到後才得悉遺產數目驚人。」

亨利說，「而且遺產中還包括**房產**，這是我必須到莊園看看的原因之一。」

「是的，你必須去一趟。」福爾摩斯說，「但絕不能**單獨**去。」

「沒問題，莫蒂醫生會與我同行。」

「莫蒂醫生有診所業務，他的家距離莊園有數哩遠，萬一有事也**鞭長莫及**。所以，必須另找一個**可靠的人**與你同行，而且還要**形影不離**地保護你。」

「那麼，你可以一起來嗎？」莫蒂問。

「不巧的是，我剛有一個案子在身，暫時走不開。」福爾摩斯說，「**華生去吧，他是最適**

合的人選。」

「我嗎？可是……」

「你的診所不是過兩天要裝修嗎？」福爾摩斯遞了個眼色，「反正要休息一兩個星期，由你去最好呀。」

「華生醫生！」亨利未待華生回答，已熱情地握住他的手說，「謝謝你出手相助，有你在，我就安心多了！」

「就這樣吧。」福爾摩斯滿意地笑了。

「那麼，後天早上在帕丁頓火車站會合，我們乘10點30分開出的那班車吧。」莫蒂提議。

「好的，就這麼定吧。」福爾摩斯起身告辭。

亨利走去開門送客。然而，當他打開門後，卻不禁「啊」的一聲驚叫起來——

一隻簇新的皮鞋放在門口。

「這就是昨天不見了的新鞋，現在卻忽然跑回來了！」亨利感到不可思議。

「一定是服務員把新的找回來了，但舊的那隻還未找到，就只好先把新的還給你吧。」莫蒂笑道，「相信舊的那隻也會很快找到的，你就不要去為難那位服務員了。」

華生往旁看了看，發現福爾摩斯若有所思地皺起眉頭。很明顯，他並不認同莫蒂醫生的看法。

「怎樣？那隻新鞋忽然又跑回來，此事很

可疑吧？」離開酒店後，華生問。

「**是的，非常可疑。**」福爾摩斯說，「這與查爾斯爵士之死；亨利爵士被神秘人跟蹤；那封用剪貼字寫成的警告信，應該都有着**非同尋常**的關係，只是現在仍未懂得把它們串連起來而已。但不管如何，由於牽涉的財產實在太過巨大，就算引發命案也**不足為奇**。所以，我才叫你陪亨利爵士回去莊園。」

「但你也不必**胡扯**，說甚麼我的診所要裝修呀。」華生不滿地說。

「哈哈哈，不這樣說，亨利爵士可能不好意思麻煩你啊。況且，你幫忙調查此案，可獲酬金的**四分之一**，比你看病的收入多好多呢。」

「三分之一。」

「甚麼？」

「酬金的三分之一。」

「一向是四分之一歸你，四分之三歸我的呀。」

「三分之一，不答應就拉倒。」

「哎呀，你怎可坐地起價啊！」

「三分之一。」

「哎呀，算了，就三分之一吧。」福爾摩斯無可奈何地說，「我要去**租車公司**一趟，你先回家吧。」

「哈哈！終於贏回一仗，敲詐成功了！」華生大喜。然而，他這時並沒料到，數天後在沼地遇到的**兇險**，將遠遠超乎他的想像。

華生回到家中不久，福爾摩斯也回來了。他一回來就靠在椅子上，一邊抽着煙斗，一邊陷入了沉思之中。

就在剛要吃晚飯的時候，郵差送來了兩封**電報**。

第一封是亨利發來的，寫着——

已接回電，當地郵局說巴里莫亞本人簽收了電報。

第二封沒署名，寫着——

去過5家酒店了，
找不到你說的剪報啊。

「哼！小兔子居然學大人以電報回覆，實在太**老氣橫秋**了！」福爾摩斯看完第二封電報後嘀咕。

「哈哈哈，他知道找不到剪報不僅沒打賞還可能**挨罵**，當然不會親自來報告了。」華生笑道。

「沒想到一下子**斷**了兩條線索，此案真是相當棘手呢。希望那條線索會帶來好消息吧。」

「**那條線索？即是哪一條？**」

福爾摩斯剛想回答，門鈴響起，一個**舉止粗野**的男人闖了進來。

「有人要找**2704號**的車夫嗎？我就是了！」他莽莽撞撞地說，「我駕車7年，從沒接過投訴。你們有人想投訴嗎？直接向我說呀！別跑去租車公司**暗箭傷人**啊！」

「老兄，你誤會了。沒人投訴你。」福爾摩

斯堆起笑臉説，「反之，要是你能回答我的問題，還要打賞你半個金幣呢。」

「打賞？哇哈哈！今天走運了！」馬車夫轉怒為喜，「先生，你儘管問，我一定會好好地回答的！」

「今早10點左右，你載着一個乘客在樓下監視，並尾隨兩位紳士去到攝政街，然後又加速離開吧？可以談談那個乘客嗎？」

馬車夫大吃一驚，有點兒手足無措地辯解：「先生，你看來比我還清楚呢。

那位乘客說自己是個**偵探**，命我不要向人提及跟蹤的事。」

「老兄，**事關重大**，隱瞞的話只會自己吃虧啊。他真的說自己是個偵探嗎？」

「是啊！他真的那樣說啊。」

「甚麼時候說的？」

「在上車時說的。」

「還說過別的嗎？」

「下車時說過**他的名字**。」

「竟自己報上名來？真輕率大意呢。他叫甚麼名字？」

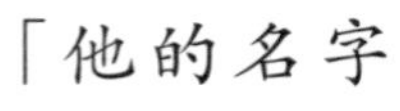

「他的名字叫——」馬車夫**煞有介事**地一頓，「**夏洛克・福爾摩斯**。」

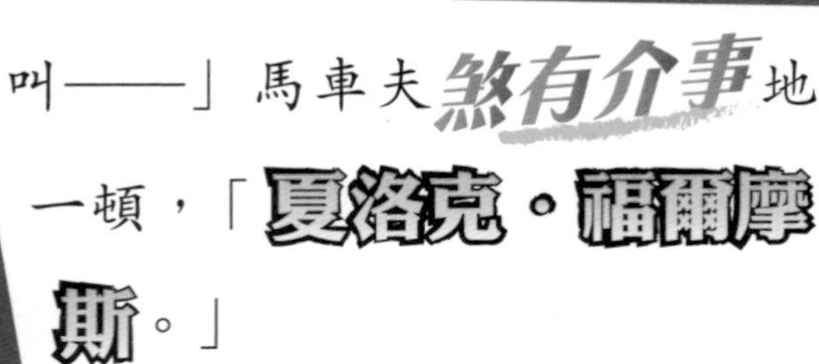

聞言，我們的大偵探瞪大了眼睛，完全呆住了。但過了一會，他又突然**哈哈大笑**起來。

「重重地吃了一拳呢，華生。」福爾摩斯自嘲道，「那傢伙不僅機靈，還相當大膽，看來與我**不相伯仲**。這記技術性擊倒實在**妙不可言**啊。」

「是的，太厲害了。」華生也不得不佩服。

「對了，你沒聽錯，他真的叫**夏洛克・福爾摩斯**吧？」大偵探向馬車夫再三確認。

「是的，先生，他是這麼說的。」

「那麼，他幾點上車？上車地點又在哪裏？」

「大約9點半左右，他在特拉法加廣場上車，並對我說：『我是偵探，照我的說話去做，不多管閒事的話，就打賞你2堅尼。』我當然接受了。接着，我按他的指示把車開到諾桑伯蘭酒店等兩位紳士出來，並跟着他們的馬車來到這兒樓下，看着他們走進這棟房子。」

「然後呢？」福爾摩斯問。

「然後，過了個多小時，我看到那兩位紳士離開，於是，就沿着貝格街一直跟着，並——」

「這個已知道了。」福爾摩斯打斷他。

「是嗎？馬車開到攝政街的街尾附近時，客人突然打開天窗下令：『去滑鐵盧火車站！快！』我不敢多問，馬上揮鞭策馬，不用10分鐘就去到滑鐵盧站。他下車時，真的給了我2堅尼，還丟下一句：『我叫**夏洛克・福爾摩斯**，**你要記住這名字啊！日後必會得到好處。**』然後，他就走進車站中，消失了。」

「嘿，有趣。」福爾摩斯問，「你可以形容一下這位福爾摩斯先生嗎？」

馬車夫搔搔頭說：「他大約**40歲左右**，中等身材，看來比你矮兩三吋吧。一身紳士打扮，但**滿面鬍子**。」

「眼睛的顏色呢？」

「這個嘛……我沒看清楚啊。」

「還記得其他甚麼嗎？」

「不記得了。」

「明白了。這是半個金幣。再想起甚麼的

話，隨時來找我。」

「先生，謝謝你！」馬車夫接過金幣，興高采烈地走了。

「第三條線索也斷了，又要重新開始。」福爾摩斯說，「這個對手不能輕視，我們在明，他在暗。他掌握了這邊的所有動靜，我們卻只知他是個蓄了鬍子的傢伙。更厲害的是，他預知我會去找馬車夫，還膽大包天地向馬車夫報上我的名字，向我開了個玩笑。華生，這次可說是棋逢敵手，希望你去到德文郡沒事吧。但老實說，我很不放心。」

「對甚麼不放心？」

「不放心讓你去呀。」福爾摩斯眼底閃過一下寒光，「我有種不祥的預感，愈想就感到愈不對勁。你可能認為我過慮了，但我是認真的。我衷心地希望……你能**安然無恙**地回到貝格街。」

華生沒想到老搭檔說得那麼嚴重，不禁渾身起了**雞皮疙瘩**，霎時緊張起來。

深夜的啜泣

在約好的那天早上，福爾摩斯叫了輛馬車，送華生到火車站與亨利和莫蒂醫生會合。

車上，福爾摩斯向華生千叮萬囑：「記住，你去到莊園後，必須把見到和聽到的事情如實向我報告，歸納推理的工作由我負責。」

「事無大小都要向你報告嗎？」華生問。

「沒錯，不管與這案子有沒有關係，都要巨細無遺地報告。在莊園出入的、或在沼地附近出沒的各色人等，更要多加注意。」福爾摩斯重點提醒，「他們的一舉一動都可能隱含着某種信息，從中或可梳理出破案的線索。所以，你的觀察入微至關重要。」說着，他列舉了與此案有關的已知人物。

「甚麼？連莫蒂醫生也在**觀察名單**之內？」

華生訝異。

「此案撲朔迷離，最可靠的人往往也是最危險的人，在未掌握足夠線索之前，我們不得不防。」

「我倒覺得巴里莫亞夫婦最可疑，以防萬一，不如先把他們辭退吧。」

「萬萬不可！如果他們是無辜的，就陷人於不義了。反之，倘若他們是犯人，一旦被趕離莊園，我們也很難舉證指控。目前，只須小心監視就行了。對了，你抵達後去當地郵局走一趟，確認一下接電報的是否真的是巴里莫亞本人。」

「明白了。」

「你帶了手槍吧？」

「帶了，我怕你那不祥

的預感應驗呀。」

「很好，記住要槍不離身，每一刻都小心提防。」

說着說着，馬車已來到了帕丁頓火車站，莫蒂醫生拉着他那隻可卡犬與亨利一起，已在月台上等候他們了。

福爾摩斯寒暄幾句後，向亨利問道：「找到了那隻舊皮鞋嗎？」

「沒有，最終還是找不到。」

福爾摩斯沉思片刻，然後神色凝重地說：「此行兇險難測，不管去哪裏都要與華生結

伴同行，切勿單獨行事。更重要的是，記住『魔犬傳說』古文書的忠告——千萬不要在惡靈肆虐的黑夜前往那片荒野，否則，必會墮入萬劫不復的深淵啊！」

火車徐徐地駛出月台後，華生看到，福爾摩斯仍一臉嚴肅地佇立在月台上，目送他們遠去。

在車廂坐下來的頭半個鐘，亨利對大偵探的提醒似乎也頗為在意，但隨着窗外的怡人景色如走馬燈般展現在眼前後，他很快就把忠告拋諸腦後，時而與莫蒂談天說地，時而又與那隻可卡犬玩耍嬉戲。就這樣，幾個小時的旅程很快就過去了。

當火車在一個具濃厚**鄉土氣息**的小站停下來時，三人下了車，他們看到在矮矮的白色圍欄外面，停着一輛繫着兩匹短腿小馬的四輪馬車。與此同時，三人也注意到車站出口附近站着兩個穿着制服的**軍人**。他們手持短步槍，冷冷地盯着三人走過。

馬車夫是個個子矮小、滿臉風霜的老人。他待腳夫把行李搬上車後，就**策馬驅車**，快速地開進了寬闊的**白色大道**。

馬車經過彷如**波浪起伏**的牧草地，穿過茂密的林蔭道。在樹影間，可看到三角牆屋頂的老房子點綴其間，好一幅恬靜的**田園景致**。不過，當馬車駛進了一條分岔路後，景色忽然發生了變化。那是一條被車輪**長年累月**行駛下軋出來的羊腸小道，它**迂迴曲折**，猶如一條不斷匍匐前行的**巨蟒**。

亨利對所有景物都感到好奇，還不時發出驚歎。華生明白，這位年輕爵士自幼**離鄉別井**，故鄉的一切對他來説都是新鮮的。

當馬車開到**怪石嶙峋**的沼地邊緣時，突然，莫蒂指着前方驚叫一聲：「**啊！那是甚麼？**」

華生循他所指的方向看去，只見不遠處的小山坡上，有個**騎兵**把短步槍掛在肩上，仿如一尊雕塑似的**一動不動**地監視着這邊。

「柏金斯，他在監視甚麼嗎？」莫蒂向馬車夫問。

「先生，你不知道嗎？**王子鎮監獄**有個犯人越獄，已足足三天了。」馬車夫扭過身來説，「所以，每個路口和車站都派了軍警監視，可惜還未發現逃犯的去向，住在附近的人都提心吊膽呢。」

「那逃犯是甚麼人？」

「他叫塞爾登，諾丁山謀殺案的犯人。」

聞言，華生馬上想起了數月前的報道，他記得福爾摩斯對此案也深感興趣，還作了一番研究。本來，那人是要被處死的，但由於行兇手法異常兇殘，反而被認定精神出了問題，只判了終生監禁。

「魔犬……再加上……越獄的殺人犯嗎？」華生心裏想着，忽然，一陣寒風吹至，讓他不禁打了個寒顫。他抬頭看看四周，發現荒野上的沼澤和石塚星羅棋佈，在逐漸陰暗的天色下顯得格外陰森。

這時，本來興高采烈的亨利也沉默下來，他翻起大衣的衣領，雙手更拉着大衣把自己裹得緊緊的。

在無言的恐懼中，馬車夫打破了沉默，以馬鞭指着前方古色蒼然的大宅說：「看！那就是巴斯克維爾莊園了！」

亨利激動地站了起來，他興奮得雙頰泛紅，眼裏閃耀着期待的目光。

幾分鐘後，馬車已開到了大宅的閘門。通過閘門後，車輪駛過鋪滿了黃葉的林蔭道，粗大的樹枝**縱橫交錯**地在頭上伸延，編織出一條昏暗的拱道。

開過拱道後，一片寬闊的草地展現眼前。華生看到，亮着燈的**古老大宅**已在前方。當馬車停定後，一個高高瘦瘦、長滿了**絡腮鬍子**的中年男人從一個拱門步出。

「亨利爵士，歡迎你回到巴斯克維爾莊園。」他有禮地趨前打招呼。同一時間，一個女人從他身後步出，與他一起卸下了車上的行李。

華生心想，他們一定是莊園的管家巴里莫亞夫婦了。

「亨利爵士，你不會介意我馬上回家吧？」莫蒂醫生說，「你知道，我太太在家等我。」

「不吃完飯才走嗎？」亨利問。

「我也想帶你看看房子，但巴里莫亞是更好的嚮導啊。有甚麼需要我的話，馬上來叫我就好了。」說完，他就乘着同一輛馬車走了。

聽着遠去的馬車聲，華生與亨利在巴里莫亞的引領下，走進了古樸又華麗的大宅中。

把一切安頓好後，巴里莫亞臉露難以啟

齒的表情，吞吞吐吐地說：「亨利爵士，我和內子已在這裏工作多年……你不介意的話，我想……我們兩人大概是時候引退了。」

「你的意思是要辭職嗎？」亨利感到詫異。

「是的，待你聘到新人後，我們就離開。」

「你們一家不是和巴斯克維爾家一起住了好幾代人嗎？我一來到，就斷絕了這個歷史悠久的關係，我會非常難過啊。」

管家的臉上閃過一下痙攣，華生看得出，

那不是一種源於心虛的驚愕，而是一種情感上**難捨難離**的激動。

「很感謝你這樣說。可是……老爵爺**死於非命**，我們實在太驚恐了。」巴里莫亞語帶悲傷地說，「這所大宅、這裏的一草一木都殘存着老爵爺的氣息，我們留下來只會**觸景傷情**，內心也無法得到**安寧**。」

說完，他躬身一鞠，退下去準備晚飯了。

吃過晚飯後，華生和亨利在大廳內參觀了一下，看了**歷代先人的畫像**，和一些看來年代久遠的擺設後，就回到一樓相鄰

的卧室去休息了。

在舟車勞頓下，華生本想快點入睡，但大風把樹木吹得沙沙作響，令他不禁打開窗簾往外眺望。在慘淡的月光照射下，他看到黑壓壓的荒野和沼地彷似地獄魔境般令人不寒而慄。

「算了，看得多只會心裏發毛。還是睡

吧。」華生拉上窗簾，鑽進被窩睡覺去。

可是，那個嚇人的魔犬傳說如影隨形，

不斷在他的腦海中浮浮沉沉。他在床上輾轉反側，愈想就愈睡不着。過了一會，窗外的風聲靜止了，除了每隔15分鐘敲響的鐘聲外，四周變得一片死寂，而死寂又反而令華生疲累的腦袋更加清醒。

就在懊惱之際，一陣奇怪的聲音突然刺破寂靜，傳進了華生的耳中。

嗚……嗚……嗚……嗚……

「唔？是幻聽嗎？」華生豎起耳朵細聽。

不，那是女人飲泣。錯不了，有個女人強忍着悲傷在哭泣！

嗚……嗚……嗚……嗚……

一陣陣低沉的啜泣之聲又傳到他耳中。

「哭聲距離這裏不遠，是誰在哭呢？」華生

滿腹疑惑。

哭聲斷斷續續地持續了半個小時，最後，臥室又回到了死寂之中。華生終於迷迷糊糊地進入了夢鄉。

翌日早晨，華生在吃早餐時，向亨利提及女人哭聲的事。

「我在半睡半醒時好像也聽到，還以為自己在做夢呢。」亨利想了想，「不如問一下巴里莫亞，看看他有沒有聽到。」

這時，巴里莫亞正好端來一壺水，亨利就直截了當地向他問了。

「女人……的哭聲嗎？」巴里莫亞有點不知所措地答道，「不可能吧。屋裏只有兩個

女人，一個是內子，一個是睡在對面廂房的女僕人。她很正常，我沒看到她有任何異樣，不會在晚上偷偷地哭。」

「你太太呢？」華生出其不意地問。

「她……她嗎？她在老爵爺過身時確實哭了一整天，但最近已平復情緒，沒有哭了。」

「是嗎？沒事了，你去忙你的吧。」亨利打發了管家。

華生看着管家離開的背影，心中暗想：「他為甚麼要說謊呢？今早在走廊碰到他太太時，清楚地看到她雙眼紅腫，就像哭了整整一個晚上呀。」本來，他想把此事告訴亨利，但為免**打草驚蛇**，暫時忍住了。

吃完早餐後，亨利有很多文件要看，華生正好偷空外出，去4哩外的村莊找當地的**郵局**，確認一下收電報的是否巴里莫亞本人。

去到**格林盆**的小村莊後，華生發現那兒只有十多棟小房子，比較大的只有兩棟。一棟是莫蒂醫生的住宅兼診所，另一棟是間**雜貨店**，兼做收發郵件和電報。

華生走進雜貨店一問，不禁**赫然一驚**。原來，簽收電報的是巴里莫亞太太，巴里莫亞本人當時並不在家。

「這也難怪，鄉下人辦事粗疏，妻子簽收

了電報，就當作他本人簽收了。」華生心想，「看來**不出所料**，巴里莫亞夫婦的嫌疑最大。查爾斯爵士的屍體是巴里莫亞發現的，他報案是為了**洗脫嫌疑**。那個長着**絡腮鬍子**的神秘人就是他！他當時在倫敦，寄出剪貼字警告信的一定是他，偷走亨利爵士皮鞋的人也是他！他想嚇走亨利爵士，這麼一來，就可與妻子兩人**霸佔莊園**，享受富豪一般的生活了！」

下集預告：巴里莫亞在深夜偷偷
摸摸地向外發放信號，華生與亨
利揭破箇中驚人真相！一個神秘
女人在荒野的小路攔途撲出，警
告華生必須儘快返回倫敦，否則
劫數難逃！面對逐漸逼近的危
險，亨利竟墮入愛河，令他自己
與華生皆陷入險境。我何時現身
拯救二人？請看下集大結局！

犬①

太太，
怎麼了？
嗚……
狗狗走失了。

那又
怎樣？
嗚……
想把牠
找回來。

貼尋犬
街招吧。
尋犬
沒用的，
因為——

狗狗未學
認字呀！

犬②

我有
一隻鞋
不見
了！
是左腳
還是
右腳。

右腳。
一定是
女人偷
的。

你怎知道？
嘿嘿
……

男左
女右嘛。

犬③

我常常
發惡夢啊。
!
甚麼
惡夢？

有條狗
常追着
我咬。

拿去
用吧。
甚麼
意思？

引開牠呀。

犬④

福爾摩斯
為何是隻狗？
因為
高大
威猛呀！

福爾摩斯
為何是隻狗？
因為狗
聽我們
使喚呀。

福爾摩斯
為何是隻狗？
我選了做貓，
他只能做狗。

都不是，
因為家犬
叫 Sherlock
Holmes 嘛。
作者

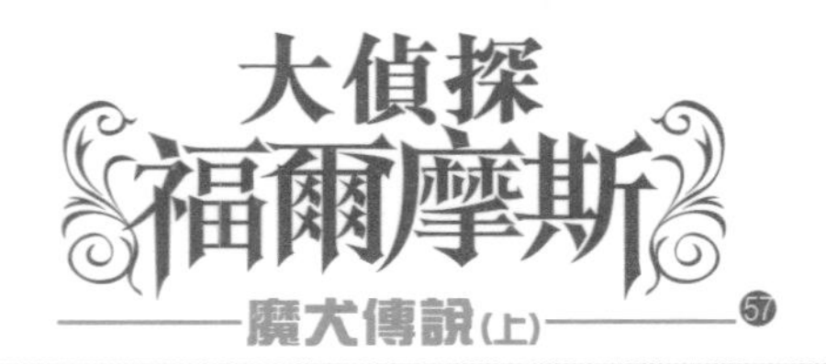

原著／柯南・道爾
（本書根據柯南・道爾之《The Hound of the Baskervilles》改編而成。）

改編&監製／厲河　　繪畫／月牙　　繪畫（部分造景）／李少棠

着色／陳沃龍、麥國龍、徐國聲　　封面設計／陳沃龍　　內文設計／麥國龍、葉承志

編輯／盧冠麟、郭天寶

想看《大偵探福爾摩斯》的
最新消息或發表你的意見，
請登入以下facebook專頁網址。
www.facebook.com/great.holmes

出版
匯識教育有限公司
香港柴灣祥利街9號祥利工業大廈2樓A室

承印
天虹印刷有限公司
香港九龍新蒲崗大有街26-28號3-4樓

發行
同德書報有限公司
九龍官塘大業街34號楊耀松（第五）工業大廈地下
電話：(852)3551 3388　傳真：(852)3551 3300

購買圖書

第一次印刷發行　　2022年1月

ISBN:978-988-75650-0-0
港幣定價 HK$60
台幣定價 NT$300

若發現本書缺頁或破損，
請致電25158787與本社聯絡。